文 **瑪莉・莫瑞** Marie Murray

瑪莉來自美國新澤西州,現在和家人住在黎巴嫩山區,每天都有越來越多的流浪貓來訪。在學習國際政治的同時,曾在世界多個地方生活和工作。開始寫兒童故事後,喜歡以好奇角度和幽默的方式觀察世界。

圖 **漢娜尼・凱** Hanane Kai

從美國聖母大學畢業後,先從事平面設計,之後追求她的理想——插畫、攝影和微縮模型設計。她用視覺效果來表現自己的觀點,希望透過每張插畫來觸碰讀者,並帶給他們不同的情感或想法。她所繪圖的書 Tongue Twisters,獲得義大利波隆那兒童書展拉加茲童書獎中的「新視野獎」。

譯 **李貞慧**

國立臺灣大學外國語文學系碩士,現任高雄市立後勁國中英語教師。重度繪本愛好者,這些年熱情走在「用繪本翻轉英語教學」及「推廣大人閱讀繪本」的路上。目前已有五百多場「英文繪本親子共讀」與「英文繪本教學」相關場次的演講經驗,另譯有繪本數十冊。

為什麼要尊重文化多樣性？

世界中的孩子⑦

文 瑪莉·莫瑞
Marie Murray

圖 漢娜尼·凱
Hanane Kai

譯 李貞慧

目錄

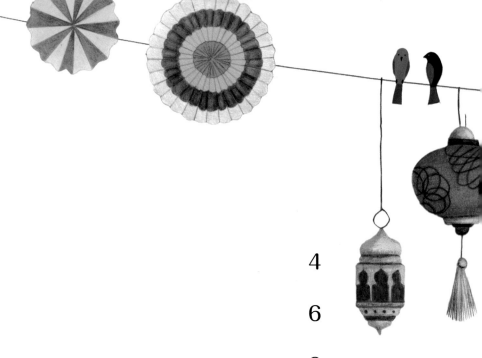

回想一下你居住的家，它是由什麼材質建造的？它的外觀是什麼模樣？有誰和你住在一起？你們的飲食習慣是什麼？說的是哪一種語言？慶祝的節日有哪些？而你們的信仰又是什麼？

對你來說，這些問題的答案也許很平常，但對於住在世界不同地方的人們，或是和你生活在同個國家卻不同地區的人們來說，可能會覺得很奇妙。

人們的生活方式、工作型態、信仰類型、飲食習慣、服裝特色，以及所說的語言等，都屬於他們文化的一部分。甚至連他們聽的音樂，也都包含在其中。

　　我們經常對和自己有相同文化的人產生認同感，因為這幫助我們覺得自己是群體中的一分子。

世界上有數百種不同的文化，藉由許多族群促成文化的多樣性，使得世界各地成為充滿活力的地方。

想像一下，如果全世界只有一種文化，那將會多麼無聊！沒有人會想要去旅行，因為世界各地都是一個模樣。人們穿相同的衣服，住類似的房子，有雷同的飲食，做一樣的工作，且有著差不多的興趣。

文化並非人類與生俱來的，它是經由向父母、長輩等學習而得到的東西。不同文化的人也能住在相同的國家。例如，一個由中國父母在美國撫養長大的女孩，仍然可以是個美國人，但是她的文化可能會與那些家人在美國居住了好多年的朋友有所差異。

氣候和地理也有助文化的形成。 炎熱與寒冷的地方都有人居住， 有的住在平原， 有的住在丘陵和高山， 有的住在海邊， 有的住在沙漠， 也有人住在海島上。 人們分別居住在都市、 城鎮和村莊。 這些不同的地方影響了人們的飲食、 衣服穿著、 房屋建築， 甚至是他們的工作和休閒活動。

文化還受到習俗與傳統的影響。人們從父母或祖父母等長輩那裡學到這些，而長輩們則從更上一代學到……最後這些就變成一種生活方式，就像數百年來，無數的舞蹈、歌曲和美食都融合成文化的一部分。

你是如何用餐的呢？有些文化是使用刀叉，也有些文化是使用筷子。在有些文化中，飯菜是鋪放在一大片麵皮上，每個人用手一片片慢慢撕下來享用。

價值觀則是人們秉持的信念， 或是某些生活的方式。
在有些文化中， 撥出大量時間陪伴家人是重要的。 而有
些文化則重視努力工作和個人的成就。 有些地方的人們
則非常看重個人在社區裡是否為一名良好成員。

堅定的價值觀有助人們對這個世界產生貢獻，例如人們會關心生病的親屬、利用空閒時間幫助無家可歸的遊民，或是關心環境議題。

17

世界上有許多人會信仰某種宗教， 因為宗教幫助他們找到存在的意義。 他們可能會聚集在某一個場所祈禱， 例如教堂、 清真寺、 寺廟或猶太教堂。 大家共同慶祝特定的節慶， 像是西方國家的耶誕節、 回教徒每年九月開始的齋戒月、 猶太教的光明節或印度教的排燈節。

有些人會穿著特殊的衣服，來展現他們是某種宗教的信徒。 他們也會因為所屬的宗教信仰，而避免食用某些食物或飲料。

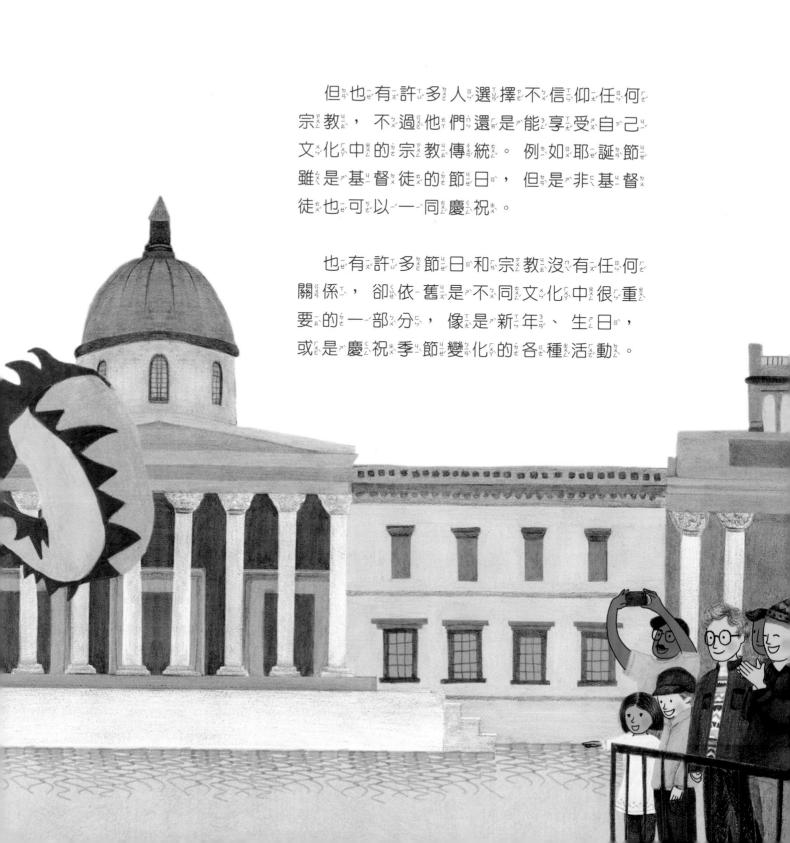

　　但也有許多人選擇不信仰任何宗教，不過他們還是能享受自己文化中的宗教傳統。例如耶誕節雖是基督徒的節日，但是非基督徒也可以一同慶祝。

　　也有許多節日和宗教沒有任何關係，卻依舊是不同文化中很重要的一部分，像是新年、生日，或是慶祝季節變化的各種活動。

現今，來自不同文化的人們在一起生活，是很普遍的事情。而藉由旅行和多元文化的人們相遇相識，同樣非常普遍。

我們有太多事物要向身邊來自世界各地的朋友學習，當我們懷抱好奇和尊重的態度對待彼此，我們就能逐漸了解並欣賞世界上的多元文化。不同文化的人們相遇時，就是能見識到各種生活方式的絕佳機會。

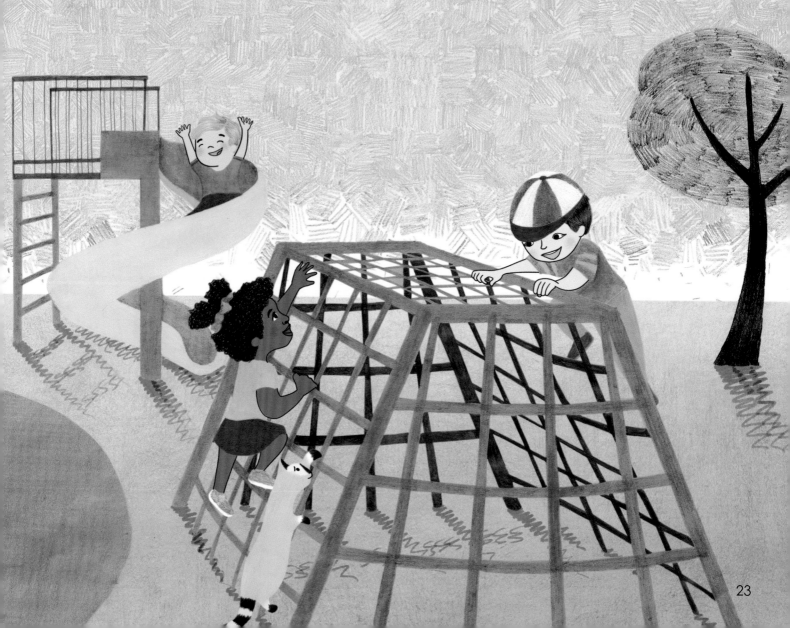

然而有時候，不一樣會讓人產生害怕的心理。舉例來說，移居到其他國家的人稱為移民，當移民們抵達新國度時，當地人可能會發現他們的服裝、語言、信仰都很不一樣。如果這些人害怕新來的移民會改變自己早已習慣的生活方式，就會忽視或是嘲笑他們，甚至還會說出殘忍的話。

想想看，如果有人只是因為你無法融入他們的文化，而不想要你出現在身邊，還對你很不友善，你會有什麼感受呢？

你也許不喜歡或不認同他人文化的某些部分，但是，每個人喜歡的事物不一樣是很正常的。重要的是，要對人友善，並試著去了解為何別人會這樣做事情，因為其中可能有你不知道的原因。

結識不同文化的人有助於建立同理心。同理心是對他人的經歷可以感同身受的能力，如此一來便可以透過他們的眼睛認識世界。多閱讀有關介紹人們不同生活方式的書籍，更是了解其他文化與建立同理心的好方法。

未來，你將有機會認識那些與你非常不同的人。了解他們並分享一些關於你自己的事，是令人興奮的。主動提出問題並表明你想了解他們，會很有幫助，但請永遠不要忘了，要保持尊重。如果他們喜歡某種你從未品嘗過的食物，你可以問看看是怎麼製作與料理，並嘗嘗看。如果他們說著不同的語言，也可以試著學習這個新語言的一些詞彙。

想一想，還有哪些方式能讓這些與我們很不一樣的人，感受到自己是被接納的？同時又可以幫助你了解他們的文化，並進一步與他們分享你的文化呢？

學一學本書中的相關用詞

氣候 climate
某個地方長期的天氣型態。

文化 culture
一群人的行為、興趣、習俗和生活方式。

移民 migrants
離開自己國家搬到新的國家生活的人。

貢獻 contribute
給予或幫助導致某種正面的結果。

多元的 diverse
多樣化。

地理 geography
陸地或海洋區域的物理特性。

社區 community
一群人以自由結合的方式所居住的特定區域。

多元性 diversity
包容許多來自不同背景的人。

節日ㄐㄧㄝˊㄖˋ；節慶ㄐㄧㄝˊㄑㄧㄥˋ festival

將ㄐㄧㄤ許ㄒㄩˇ多ㄉㄨㄛ人ㄖㄣˊ聚ㄐㄩˋ集ㄐㄧˊ在ㄗㄞˋ一ㄧ起ㄑㄧˇ的ㄉㄜˊ慶ㄑㄧㄥˋ祝ㄓㄨˋ活ㄏㄨㄛˊ動ㄉㄨㄥˋ。

機ㄐㄧ會ㄏㄨㄟˋ opportunities

做ㄗㄨㄛˋ自ㄗˋ己ㄐㄧˇ想ㄒㄧㄤˇ做ㄗㄨㄛˋ的ㄉㄜˊ事ㄕˋ情ㄑㄧㄥˊ的ㄉㄜˊ時ㄕˊ機ㄐㄧ。

宗ㄗㄨㄥ教ㄐㄧㄠˋ religion

一ㄧ群ㄑㄩㄣˊ成ㄔㄥˊ員ㄩㄢˊ彼ㄅㄧˇ此ㄘˇ有ㄧㄡˇ著ㄓㄜˊ共ㄍㄨㄥˋ同ㄊㄨㄥˊ信ㄒㄧㄣˋ仰ㄧㄤˇ且ㄑㄧㄝˇ經ㄐㄧㄥ常ㄔㄤˊ聚ㄐㄩˋ在ㄗㄞˋ一ㄧ起ㄑㄧˇ進ㄐㄧㄣˋ行ㄒㄧㄥˊ儀ㄧˊ式ㄕˋ或ㄏㄨㄛˋ活ㄏㄨㄛˊ動ㄉㄨㄥˋ。

新ㄒㄧㄣ年ㄋㄧㄢˊ活ㄏㄨㄛˊ動ㄉㄨㄥˋ New Year's

表ㄅㄧㄠˇ示ㄕˋ著ㄓㄜˊ一ㄧ年ㄋㄧㄢˊ的ㄉㄜˊ結ㄐㄧㄝˊ束ㄕㄨˋ和ㄏㄜˊ新ㄒㄧㄣ一ㄧ年ㄋㄧㄢˊ開ㄎㄞ始ㄕˇ的ㄉㄜˊ慶ㄑㄧㄥˋ祝ㄓㄨˋ活ㄏㄨㄛˊ動ㄉㄨㄥˋ。

平ㄆㄧㄥˊ原ㄩㄢˊ plains

地ㄉㄧˋ形ㄒㄧㄥˊ大ㄉㄚˋ部ㄅㄨˋ分ㄈㄣ平ㄆㄧㄥˊ坦ㄊㄢˇ且ㄑㄧㄝˇ廣ㄍㄨㄤˇ闊ㄎㄨㄛˋ的ㄉㄜˊ原ㄩㄢˊ野ㄧㄝˇ。

尊ㄗㄨㄣ重ㄓㄨㄥˋ的ㄉㄜˊ respectful

對ㄉㄨㄟˋ人ㄖㄣˊ事ㄕˋ物ㄨˋ表ㄅㄧㄠˇ現ㄒㄧㄢˋ出ㄔㄨ尊ㄗㄨㄣ敬ㄐㄧㄥˋ和ㄏㄜˊ重ㄓㄨㄥˋ視ㄕˋ的ㄉㄜˊ態ㄊㄞˋ度ㄉㄨˋ。

充ㄔㄨㄥ滿ㄇㄢˇ活ㄏㄨㄛˊ力ㄌㄧˋ vibrant

生ㄕㄥ氣ㄑㄧˋ勃ㄅㄛˊ勃ㄅㄛˊ，活ㄏㄨㄛˊ躍ㄩㄝˋ且ㄑㄧㄝˇ活ㄏㄨㄛˊ力ㄌㄧˋ充ㄔㄨㄥ沛ㄆㄟˋ。

本系列與中小學國際教育能力指標對應表

本系列扣合「中小學國際教育能力指標」之學習目標，期待透過本系列的文字及圖畫，孩子、家長及教師能一同探討世界上發生的重大議題，進而引發孩子關懷的心，讓孩子在往後的人生道路中，能夠時時關心這個世界並付出己力。

備註：表格中以色塊代表哪一繪本，並於其中標註頁數

為什麼會有**權利與平等**？　為什麼要**遵守規則並負責任**？　為什麼要**尊重文化多樣性**？　為什麼要**保護我們的地球**？

中小學國際教育能力指標（基礎能力）

目標層面	能力指標編碼與學習內容	本系列相應內容
國際素養	2-1-1 認識全球重要議題	文化多樣性 P4-28　權利與平等 P4-28 規則和責任 P4-28　地球與永續 P4-28
	2-1-2 體認國際文化的多樣性	文化多樣性 P4-28
	2-1-3 具備學習不同文化的意願與能力	文化多樣性 P22-28
全球責任感	4-1-1 認識世界基本人權與道德責任	文化多樣性 P24-28　權利與平等 P4-28　規則和責任 P6-7
	4-1-2 瞭解並體會國際弱勢者的現象與處境	文化多樣性 P24-28　權利與平等 P4-28　規則和責任 P20-21

中小學國際教育能力指標（中階能力）

目標層面	能力指標編碼與學習內容	本系列相應內容
國際素養	2-2-1 瞭解我國與全球議題之關連性	文化多樣性 P6-10　地球與永續 P4-29 權利與平等 P26-29　規則和責任 P4-28
	2-2-2 尊重與欣賞世界不同文化的價值	文化多樣性 P4-28
全球競合力	3-2-3 察覺偏見與歧視對全球競合之影響	文化多樣性 P22-28　規則和責任 P4-28
全球責任感	4-2-1 瞭解全球永續發展之理念並落實於日常生活中	地球與永續 P4-28
	4-2-2 尊重與維護不同文化群體的人權與尊嚴	文化多樣性 P4-28　權利與平等 P4-28　規則和責任 P4-28

中小學國際教育能力指標（高階能力）

目標層面	能力指標編碼與學習內容	本系列相應內容
國際素養	2-3-1 具備探究全球議題之關連性的能力	文化多樣性 P4-29　地球與永續 P4-29 權利與平等 P4-29　規則和責任 P4-29
	2-3-2 具備跨文化反思的能力	文化多樣性 P22-27　權利與平等 P26-29　規則和責任 P28-29
全球責任感	4-3-1 辨識維護世界和平與國際正義的方法	文化多樣性 P26-29　權利與平等 P18-29　規則和責任 P20-25
	4-3-2 體認全球生命共同體相互依存的重要性	文化多樣性 P18-29　規則和責任 P20-21

知識繪本館

為什麼要尊重文化多樣性？

世界中的孩子 7

作者｜瑪莉‧莫瑞 Marie Murray
繪者｜漢娜尼‧凱 Hanane Kai
譯者｜李貞慧
責任編輯｜詹嬿馨
美術設計｜蕭雅慧
行銷企劃｜翁郁涵、張家綺

天下雜誌群創辦人｜殷允芃
董事長兼執行長｜何琦瑜
媒體暨產品事業群
總經理｜游玉雪
副總經理｜林彥傑
總編輯｜林欣靜
行銷總監｜林育菁
主編｜楊琇珊
版權主任｜何晨瑋、黃微真

出版者｜親子天下股份有限公司
地址｜台北市104建國北路一段96號4樓
電話｜（02）2509-2800　傳真｜（02）2509-2462
網址｜www.parenting.com.tw
讀者服務專線｜（02）2662-0332　週一～週五 09:00~17:30
讀者服務傳真｜（02）2662-6048
客服信箱｜parenting@cw.com.tw
法律顧問｜台英國際商務法律事務所‧羅明通律師
製版印刷｜中原造像股份有限公司
總經銷｜大和圖書有限公司　電話：（02）8990-2588

出版日期｜2022年10月第一版第一次印行
　　　　　2024年 5 月第一版第二次印行
定價｜320元
書號｜BKKKC219P
ISBN｜978-626-305-304-5（精裝）

訂購服務
親子天下Shopping｜shopping.parenting.com.tw
海外‧大量訂購｜parenting@cw.com.tw
書香花園｜台北市建國北路二段6巷11號　電話｜（02）2506-1635
劃撥帳號｜50331356 親子天下股份有限公司

國家圖書館出版品預行編目資料

世界中的孩子 7：為什麼要尊重文化多樣性？瑪莉‧莫瑞(Marie
Murray) 文 ／；漢娜尼‧凱(Hanane Kai) 圖；李貞慧 譯 . --
第一版 . -- 臺北市：親子天下股份有限公司 , 2022.10
32 面；22.5×22.5 公分 注音版
譯自：Children in our world : culture and diversity
ISBN 978-626-305-304-5（精裝）

1.CST: 文化多樣性　2.CST: 多元文化　3.CST: 種族　4.CST: 繪本
541.2　　　　　　　　　　　　　　　111013204